行旅

向陽

目錄

卷之茫霧

代序

為台灣歷史和土地書寫

——我的後殖民創作心路

金子昭會長、各位我所尊敬的天理台灣學會研究先進：

還記得四年前（二〇一七年）五月二十八日我以台灣文學學會會長身分率領會內幹部前來天理大學訪問，與貴學會進行學術交流的種種溫馨畫面。當時因貴學會的安排，得以和貴大學校長晤談，並受到貴學會熱情接待，與佐藤浩司前會長及學會理事交換意見，促成了兩會交流協議書的交換，感銘至今，特別要向貴會再度致上最大謝意。

從我十八歲就讀大學時，「天理大學」這四個字就在我腦海中留下美好印象，那是一九七三年的事，當時塚本照和教授受邀前來台灣中國文化學院日文組擔任交換教授，我有幸成為他的學生，受到啟蒙，重新認識台灣文學；一九八二年塚本教授返日，在天理大學創立台灣文學研究會、創刊《台灣文學研究會會報》，一九九一年他與下村作次郎、中島利郎等教授創辦「天理台灣研究會」、出版《天理台灣研究會年報》，雖然遠在台灣，我都因塚本老師的贈予而有幸拜讀，感受到天理大學與貴會長久以來對台灣文學及台灣事務的深刻掌握和關注。今天能獲邀參與貴會第三十屆研究大會，並進行紀念演講，感到相當親切，也感到無比榮幸。

以下，請容我以台灣詩人的身分，以〈為台灣歷史和土地書寫——我的後殖民創作心路〉為題，進行報告，並請各位學界先進賜教。

台灣新詩的「歧路」現象

台灣的新詩發展，從一九二四年追風（謝春木）在《台灣》雜誌（第五年第一號）發表〈詩の真似する〉組詩四首，揭開台灣新詩的帷幕以來，將近百年。近百年來，不同世代的詩人和詩作，如星辰羅列，展現了一座特屬於台灣的詩的天空，眾多詩人以作品彰顯各自的位置，書寫他們內在的情意志，傳布他們和歷史賽跑、和時代競走的美學信念和創造。

從日治年代展開的台灣新詩，源於長久處於殖民地的關係，擁有相當複雜的歷史情境與脈絡。就語言的使用來說，從日治時期開始就出現三種書寫路線：一是追風以降，王白淵、陳奇雲到楊熾昌、郭水潭等詩人的日文書寫；二是由張我軍於一九二四年引介中國五四新文學運動而展開的中文書寫；三是一九三〇年由黃石輝點燃、郭秋生繼之的台灣話文書寫。三種不同的語文，在同一個時代並存且競爭，使得台灣的新詩從出發之際就產生了「歧路」現象。

也正是因為一開始就以日文、中文和台灣話文書寫，從日治時期以降迄今，台灣新詩一直存在著書寫語言（連同語言之後的意識形態及認同）的辯證和鬥爭。戰後台灣在國民黨威權統治時期（一九四五－一九八七），強力推動「國語政策」，中文書寫成為主流，但解嚴前的一九七〇年代已出現林宗源和我寫作的台語詩，解嚴後又有客語詩和原住民語詩的詩人出現，台灣新詩發展的特殊性、多樣性與複雜性，由此可見。

一個年輕詩人的台灣追索

在這座繁複多彩的星空下，作為一個出現於一九七〇年代的寫詩者，我個人在詩創作上的表現，相形之下是卑微的。儘管十三歲時我背誦並抄寫屈原的〈離騷〉，發願要以一生來成就詩人之夢，並在二十一歲（一九七六）開始用台語寫詩，如今垂老，自我檢視，仍然相當慚愧。

我出生於一九五〇年代台灣的中部山村（南投縣鹿谷鄉），鄉民多務農，以作山、作林、作茶、作田為業，因為父母開設「凍頂茶行」，半爿賣茶、半爿賣書。從小學三年級後，得以大量閱讀店內販售的書籍，提早開啟了我閱讀與接觸文學的視窗。十三歲時，因為店中販售書籍已無法滿足閱讀欲望，開始用郵政劃撥的方式向台北的書店郵購新書，因而奠定了走上文學創作之路的基礎。

從一九五〇到一九六〇年代的台灣，是典型的農業經濟社會，也是國民黨一黨威權統治的白色恐怖年代，舉凡憲法賦予人民的自由盡遭限制，言論、著作及出版自由均遭到剝奪，更無論集會及結社自由了。因此，從小學到高中，我所接受的教育就是「黨國」教育，熟知中國而盲視立足的台灣。直到一九七三年進入中國文化學院（今中國文化大學）日文組之後，才開始質疑我所接受的黨國教育內容，逐步走回生身的台灣，認真思考我的詩和台灣土地、人民與歷史的關係。

一九七三年九月，也是我和來自天理大學的交換教授塚本照和先生結師生之緣的開始。成為塚本老師的學生，是我此生甚感榮耀的事情，當時他初來台灣，課堂上詢問有關小說家黃春明的創作，同學推我回答；其後塚本老師開始台灣文學研究，參與台灣文學活動、訪問台灣作家，他對台灣文學的熱愛和治學精神，都對我產生相當重要的示範影響。

也因為這樣，大三時我以粗淺的日文閱讀能力，開始在學校圖書館接觸日治年代的台灣新文學雜誌，讀追風、楊華的詩，賴和、楊逵的小說，這才知道日治時期台灣就有新文學傳統，非僅只是受到中國「五四文學」影響；後來又發現一九三〇年代左翼作家鼓吹台灣話文書寫，都讓我深受震撼，從而對我的詩創作和台灣歷史的關係有了反省。

兩個「反動」：十行詩與台語詩

在這雙重的省思下，我用嚴肅的心情面對詩的書寫。出版於一九七七年的第一本詩集《銀杏的仰望》，就是我當時的創作成果和省思。其中兩輯作品鮮明地昭示了我對當年台灣詩壇與政治正確的「反動」：一是違逆當時現代主義反格律、反韻律主流的「十行詩」，另一則是違逆當時國語運動不准說、寫方言的「方言詩」（台語詩）書寫。

我的「十行詩」來自少年時迷戀〈離騷〉的印記，是我從閱讀中國古典詩詞經驗中建立的素樸詩學，因此我想在當年現代主義的主流之外，實驗在形式上有所約束、在語言上錘鍊音韻的新的現代詩。從一九七四年寫到一九八四年，前後十年，共得七十二首，最後統整為《十行集》，於一九八四年出版，標誌了我與同年代詩人不一樣的特色。此書於二〇一〇年出版增訂新版，迄今仍販售中。

「方言詩」放到一九七〇年代的台灣，則是更大膽的「反動」。當時的政治環境，台語受到禁錮，非獨文學創作，就是流行歌、布袋戲亦然，更無庸說大眾媒體也絕不接受，我的台語詩幾乎沒有發表的機會，但我堅信這個寫作路線，依然樂此不疲；雖然接獲政治警告，也依然無所畏懼。這一系列的台語詩，從一九七六年寫到一九八五年，合共三十六首，集為《土地的歌》出版，也標誌了我與同年代詩人相異的詩風。《土地的歌》後來絕版，於二〇〇二年改版為《向陽台語詩選》，列入「台語文學大系」重出。

對我來說，十行詩和台語詩是我在詩的路途上的第一階段探索，如鳥之雙翼，缺一而不可。十行詩延續的是來自中文的文化傳統，台語詩則試圖追溯並深化台灣的語言與文化傳統，連同台灣土地的認同——在我年輕時期的詩的探索道路上，這兩者都是滋養與灌溉我的文學生命的要素。

〈霧社〉敘事詩：台灣歷史命運的省視

大學畢業後，當兵兩年，一九七九年退伍，我進入社會，適逢《中國時報》舉辦第二屆「時報文學獎」，獎項增加「敘事詩獎」。我當時還是詩壇新人，參加創作獎足以檢測自己的詩藝，我決定以發生於一九三〇年的霧社事件作為敘事詩的主題。當時台灣的政治氛圍相當嚴峻，黨外運動風起雲湧，人民要求民主與自由的呼聲已經在街頭不斷出現。我細讀手上找到的有關霧社事件的書籍和資料。回到一九三〇年十月二十七日，莫那魯道、花岡一郎，泰雅族、霧社小學校，日本巡佐、飛機、大炮、毒氣……的歷史時空。在一九七九年入秋的台北，我一字一句寫下霧社事件的過程；創作的同時，電視晚間新聞也正在撻伐「共匪同路人」的「黨外」，如何如何「暴力」、「無恥」、「不愛國」。我夜裡寫出的詩句，宛然正在和執政者冷酷的聲音進行頑抗的辯難。

〈霧社〉寫了三四〇行。在一個落葉飄下的秋天早晨，我將這首詩投寄出去，不敢奢望這首長詩能夠得獎。接著十二月十日爆發「美麗島事件」，黨外運動領導人黃信介、施明德……等均遭國民黨逮捕，我筆下霧社泰雅族人（今已正名為賽德克族）的命運，似乎也預演著「黨外」人士的命運：

在殘酷的統治下追求所謂正義自由
多像樹葉！嘶喊著向秋天爭取
翠綠，而後果是，埋到冷硬的土裡

我以悲鬱的心情寫下的霧社之詩，似乎也是台灣民主運動必須付出的血淚。〈霧社〉後來得了優等獎，但發表一直遭到擱置，直到次年三月美麗島事件軍事法庭大審宣判，眾多黨外領導人被以「叛亂」之名判罪鋃鐺入獄後，才獲發表於副刊之上。〈霧社〉這首敘事長詩，也因為這樣奇特的時空巧合和演繹，在我的創作生涯中標誌了刻骨銘心的碑記，這是我嘗試用詩來書寫台灣歷史的開始，也是我決心用詩來見證台灣命運的發端。二〇一六年，鋼琴家林少英以〈霧社〉為本，創作《霧社交響詩：賽德克悲歌一九三〇》，與《霧社：向陽敘事詩X林少英交響曲》兩卷CD出版。

《四季》：台灣二十四節氣新風土

我的詩探索的第二個階段，與一九八五年赴美國愛荷華大學參加「國際寫作計劃」（International Writing Program）有關。當年九至十一月與來自不同國家作家接觸的經驗，讓我開始思考作為一個台灣詩人（而非單一詩人）的特色為何的課題。我決定以「四季」為主題，以在台灣民間仍屬季節辨識符號的二十四節氣來寫詩，表現台灣獨特的風土色彩，以及一九八〇年代台灣的多重形貌。一九八六年，以《四季》為名的詩集在台灣出版。這本詩集後來被翻譯成英文（陶忘機〔John Balcom〕譯，全書）、日文（三木直大譯，部分）、瑞典文（馬悅然譯，單篇）；二〇一七年由有鹿文化公司重出新版，說明了結合我的詩與台灣風土的嘗試是可行的。

我的四季詩，基本上是前階段十行詩和台語詩創作的融會與轉化。《四季》二十四首節氣詩作，每首均為兩段各十行，維持著我對格律形式的偏愛，題材則延續《土地的歌》，以台灣的風物、自然、環境、都市、社會、政治……為對象，或歌詠、或鋪排、或反諷、或直陳，寫一九八〇年代的台灣。如果說，十行詩和台語詩是我對文化和土地的探索，四季詩就是我對台灣的歲月（時間）容顏的刻繪，我在詩中映照我所生存的台灣，從時間、空間到人間。

一九八七年我在《自立晚報》的工作改變，由副刊主編轉任報社總編輯，工作量繁增，責任加重；當時的台灣也處於政治環境的大轉捩期，一九八六年民進黨成立、一九八七年解除戒嚴，以及隨之而來的政治、社會運動頻繁。這都使我沒有餘閒、也沒有餘力寫詩。再加上一九九四年我原來服務的自立報系經營出現問題，我的人生面臨巨大轉折，我乃考入政大新聞系博士班，從學徒開始我的研究生涯。這樣的轉折使我詩作銳減，直到二〇〇五年才出版了新的詩集《亂》，算起來這本詩集總共寫了十六年。

《亂》：台灣後殖民圖像

《亂》是我詩探索的第三個階段。有別於前兩個階段的形式堅持，在這本詩集中我展開的是和台灣社會呼應的新的語言策略。我已不再執著於「純」中文、「純」台文的書寫，從生活中，也從日常的話語中，我嘗試以更符合台灣後殖民語境的「混語」（creole）書寫來呈現解嚴後台灣的社會真實。

解嚴後的台灣，華語和台語相互對立的語境已然不再，雙語（乃至三語）混用的現象在各個場合自然可見，於是我試圖將這種可稱為「新台語」的語言放入詩作之中，既對應時空，也反映新的語文，例如〈咬舌詩〉，就混用華語、台語，讓兩者融容於一；例如〈發現□□〉，我以□□作為符號的置換與虛擬，寫台灣的認同混亂和國際社會的缺席；例如〈一首被撕裂的詩〉，寫二二八，我將詩句特意斷裂，隱喻歷史記憶的斷裂和史料的闕如（均以□□□□□出之），容得讀者的拼貼與鑲嵌……

正如同詩集名稱《亂》，我的詩、我的人生與書寫、我所身處的台灣社會，也都是一團混亂的。這個階段的我的詩，就是我和變動的台灣社會亂象的對話，是我以詩映現我所處的時間、空間與人間的聲軌。詩集出版時，我已半百；詩集出版後，於二〇〇七年獲得台灣文學獎新詩金典獎。想到十三歲時讀的〈離騷〉，「亂」在末章，這才驚覺，我的人生之路、我的詩探索，居然早已前定，迴環在土地／歷史／社會／政治／人民的歧路之中，追索一頭白鹿。

時間、空間、人間的三重映照

慚愧的是，以半生時光書寫，僅得《十行集》、《土地的歌》、《四季》與《亂》這四本比較滿意的詩集。這四本詩集，清晰標誌了我在三個不同階段中探索詩路的里程，題材、語言都各自不同；相同的是，它們都是我環繞在台灣這塊土地的思維，出之以詩，對時間、空間與人間的真實映照。更進一步說，這四本詩集儘管語言技巧上可以看到現代主義的洗禮，但在美學上或精神上則都指向具有後殖民特色的現實主義，我至今仍以此為標竿，持續奮進中。

另外一個共同點是，我年輕時期執著的格律與形式，也仍延貫在多數詩篇之內，不僅是作為一種區辨，同時也是作為一種特質。我的詩，多半流動著語言的韻律，為不同的作曲家青睞，即使是敘事性甚強而又出以台語的《土地的歌》，已有簡上仁〈阿爸的飯包〉、蕭泰然〈阿母的頭鬘〉譜曲傳唱，另有十首左右由作曲家石青如譜曲，由福爾摩沙合唱團於國家音樂廳演唱；寫於《亂》中的台語詩〈世界恬靜落來的時〉，發表至今，先後有冉天豪《渭水春風》音樂劇、劉育真、游博能、黃立綺的合唱曲，以及四位學院派作曲家賴德和、潘皇龍、陳瓊瑜和石青如的藝術歌曲詮釋；另一首〈秋風讀未出阮的相思〉由冉天豪譜曲，獲得金曲獎傳藝類最佳作詞人獎；混和台語和華語的〈咬舌詩〉也有作曲家賴德和譜的曲，並獲得傳藝金曲獎最佳作曲獎。音韻的錘鍊、調節與掌握，是我寫詩一貫的自我要求。

回想從十三歲背誦〈離騷〉，立志成為詩人迄今，我的書寫歲月悠悠五十三年過去。從第一本詩集《銀杏的仰望》到詩集《亂》，我總共出版了八本詩集、三本詩選；詩選譯本分別由日本學者三木直大日譯為《乱：向陽詩集》，由東京思潮社出版（二〇〇九）、美國漢學家陶忘機英譯為 *Grass Roots*，由美國 **Zephyr Press** 出版（二〇一四）。創作成果並不豐富，這和我的職業生涯多所轉折也有關係。我從大學畢業後，進入社會，先後擔任過台灣發行量最大的周刊《時報周刊》主編、台灣黨外報業《自立晚報》副刊主編、編輯部總編輯，置身媒體，參與並觀察台灣政治、社會的巨大轉捩；三十九歲轉入學術界，從事學術研究和教學，六十五歲自國立台北教育大學台灣文化研究所教授退休。這種生涯轉變，多少影響了我的創作。

待完成：台灣史詩

二〇〇〇年後，台灣民主政治漸趨穩定，認同問題也已不再如解嚴前後那般對立，我的詩創作開始轉向台灣土地、自然與景觀的書

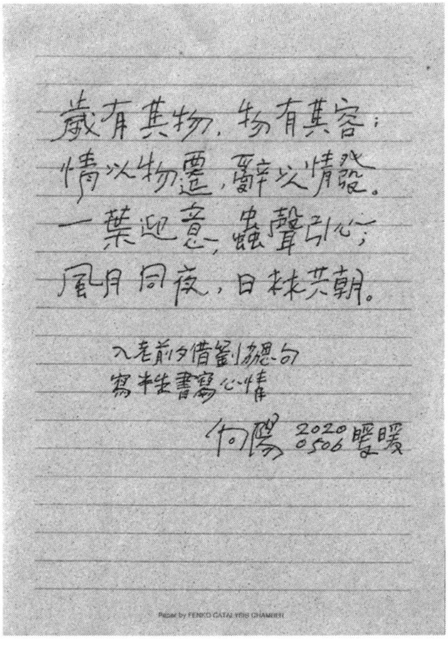
歲有其物，物有其容；
情以物遷，辭以情發。
一葉迎意，蟲聲引心；
風月同夜，日林共朝。
入老前夕借劉勰句
寫半生書寫心情
向陽 2020 0506 暖暖

寫。在我名之為「地誌詩」的詩篇中，通過詩，我希望不僅書寫台灣各地方的地貌地景，同時也深化隱藏於地貌地景之後的歷史與人文。我相信，詩，不只要觸探空間，同時也要深掘時間的紋路和人間的悲喜。

我已準備多年、尚待著筆的，則是二十二歲時接受《聯合副刊》訪問時發下的豪語，要以台灣被殖民的歷史為背景，寫出一部長篇敘事的《台灣史詩》。這是我的自我砥礪，也是對個人詩探索路程的最華奢、最嚴肅的夢想。一九七九年我以霧社事件為底本寫的敘事詩〈霧社〉是篇試驗之作，此後即無他作，真是慚愧。從〈離騷〉啟開的詩門，經過半世紀的詩途跋涉，現在應該也是我拚搏餘生，完成這個夢想的時刻了。

二〇二一年七月三日第三十屆天理台灣學會研究大會紀念演講稿

卷之行旅

詠阿勃勒

以葡萄的纍纍
　串珠的光潤
送走四月的清明
迎接五月的嬌媚
這是阿勃勒翻滾歡唱的季節

金黃的陽光
雨一般來此小集
清洗城市大街
掀動行人眼簾

這是大高雄最最燦亮的夏天

二〇〇六年五月十五日於南松山

收錄於路寒袖編《黃色迷戀：阿勃勒》（台北：遠景，二〇〇六）

雄鎮北門

——高雄詩抄之一

在西子灣寂寞的岬角
寂寞地衛護台灣的南方
這樣高高站著
這樣雄鎮北門

百年前戍衛的戎馬
都已交給階下的海浪
喋喋便便
沖刷盡淨

五個雉堞上
還留下五個窺孔
如同五隻眼睛
繼續窺防敵人的入侵

偶爾伸伸懶腰
斜睨黃昏來時
耀武揚威的夕陽
嘩啦墜落海面

二〇〇六年十一月二十八日《聯合報・聯合副刊》
收錄於路寒袖編《為歷史的蒼茫打光》（高雄：高雄市政府文化局，二〇〇六）
二〇〇九年二月授權教育部「全國通識課程與教學資料庫」使用

舊打狗驛

——高雄詩抄之二

百年前那幾株揮灑美麗長影的
可可椰子樹，已經消逝風中
依稀還可看到人力車伕踩著
整個打狗城羨慕的眼珠子
沿著驛前的新濱町市街
一路踩到渡船頭
目視生鮮魚蝦入港
連聲聲汽笛入耳也特別響亮

這是台灣縱貫鐵道的終點
這是濱線的起站，Hama Sen
我們叫她「哈瑪星」，如南方最燦亮的星
在前驛閃，在後驛爍
糖、米、檜木以及南北貨
紛紛追著汽笛聲響湧入此驛
要知當年打狗最鼎沸的人聲
可以請問如今月下打盹的月台

收錄於路寒袖編《為歷史的蒼茫打光》（高雄：高雄市政府文化局，二〇〇六）
收錄於焦桐編《二〇〇六台灣詩選》（台北：二魚文化，二〇〇七）
二〇〇九年二月授權教育部「全國通識課程與教學資料庫」使用
二〇一〇年十月詩碑見於高雄「打狗鐵道故事館」（今舊打狗驛故事館）
二〇一五年五月六日民視《飛閱文學地景》朗讀（https://youtu.be/V56mfKiPiH4）
二〇二〇年五月十四日鼓山國小學童在高雄市政府舉辦「高雄一〇〇無限精彩」記者會朗誦

舊城曾家

——高雄詩抄之三

曾經左營舊城的風光
是稻埕之上和日光一樣美麗的米穀
在田壟和街巷的交會處
屋頂的飛簷一揚眉，堂前的燕子
振翅飛出了圓滿的弧
飛過林家、謝家、陳家、薛家、余家
沿路而行，把整個左營
挽留在歷史長廊幽深的一角

咾咕石仍琢磨著當年的盛景
護龍上的雕花也為舊日容光沉吟
斑駁的紅磚則咬住百餘年風霜
繼續與夕陽爭辯歲月的爪痕
人聲已然寂寥
匾額題聯也已黯然
唯金形馬背弓起身來
繼續呼叫光緒年間的青天

收錄於路寒袖編《為歷史的蒼茫打光》（高雄：高雄市政府文化局，二〇〇六）

明鑑
——詠日月潭

白鶺鴒飛過 Lalu 島的肩胛時
天方才醒轉過來
把月潭的水波留給昨夜咀嚼
而茄苳樹則迎著朝陽
以日潭為鏡
在晨風中梳理亂髮
彷彿白鹿還奔馳於潭畔小路
翻過山，越過嶺，在山桂花的指點下
眼前奔入一泓明珠

這才睜開了邵族的天空

三百年來，風來過，雨來過
水草搖曳，把日精月華
送到祖靈 paclan 安居的 Lalu
這一切，老茄苳以年輪清楚銘刻
潭畔的山櫻或許也依稀記得
蔓草中深烙的邵人腳印
如何狂奔如何匍匐如何抬起而又跌落
一樁樁心事，且交玉山古月鑑照
明潭本是邵族家鄉
今為台灣靈魂之窗

二〇〇七年三月二十七日《聯合報・聯合副刊》
二〇〇九年五月二十三日選入九十八年第一次國中基測國文科考題

二〇〇九年五月二十九日於《聯合報・聯合副刊》發表〈明鑑日月潭之美〉釋基測國文考題〈明鑑〉之疑
二〇一五年八月十日民視《飛閱文學地景》朗讀

行旅

我尋找你，在匆迫的行旅之中
如一尾魚，在纏牽的水草之中
我尋找你，在通往終點的驛站
我尋找你，在左右交困的路口
如一尾魚，我從眾多陌生的瞳孔辨識你

在闃暗的甬道之中，我遇見你
在廣袤的夜空之中，如一輪月
在人跡渺少的街角，我遇見你
在燈火睏盹的窗間，我遇見你

我從眾多無聲的臉容聽聞你，如一輪月

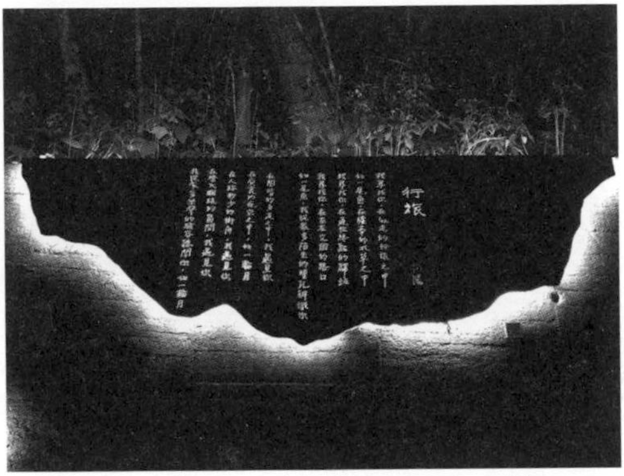

二〇一一年十一月七日於暖暖
二〇一一年十二月三日《聯合報・聯合副刊》
二〇一二年一月手跡海報張貼於台北市捷運、公車車廂
二〇一二年四月十三日在音樂時代製作音樂劇《東區卡門》演出（冉天豪作曲）
二〇二一年四月二十二日詩碑置於日月潭「涵碧文學步道」

烏石港遺址

——蘭陽詩抄之一

野渡無人，但見鸕鶿獨立
礁石，敲叩水面餘波
烏石堆疊的舊渡口，菅芒搖著
白花花的髮，還在找尋
嘉慶年間擁擠靠岸的船舶

這裡曾是蛤仔難三十六社
捕魚營生的水道，艋舺穿梭
從蒼茫的大洋到河中的沙洲

如今只留殘岩斷礁，莽榛蔓草
要前方的龜山島給個公道

二〇一二年十二月九日於暖暖
二〇一三年二月一日《聯合文學》三四〇期
收錄於王聰威編《蘭陽地景：噶瑪蘭水路行旅》（宜蘭：宜蘭縣政府文化局，二〇一二）

冬山河夕照

——蘭陽詩抄之二

過了火紅的利澤簡橋
水面瞬間滾燙了起來
紅色的水紋燃燒著
紅色的布疋
將冬山河溫暖地裹住
連天上的雲也跟著
羞紅了臉

河岸單車道上

一排台灣白蠟樹綽約地
在風中舞動
一隻蒼鷺在河濱
查問利澤簡社的舊籍
當年馬偕落腳之地
教堂鐘聲依稀

這寬闊的河
穿過夕照下的鐵橋
鐵橋上一列北迴線火車
也正穿過黃昏
穿過漾盪噶瑪蘭氛圍的金黃水色

二〇一二年十二月九日於暖暖
二〇一三年二月一日《聯合文學》三四〇期
收錄於王聰威編《蘭陽地景：噶瑪蘭水路行旅》（宜蘭：宜蘭縣政府文化局，二〇一二）

頭城十三行

——蘭陽詩抄之三

微雨從福德祠往南一路飄落
閭巷內仍微溫著百年前的香火
簷下的石獅炯炯注視
頭圍第一街熙來攘往的商販
幾步路就進入了十三行
烏石港運來絲羅綾緞瓷器雜貨
蘭陽平原生產的稻穀苧麻樟腦
都在行倉內論斤論兩價售
嘉慶年間十三行前的門庭

連土地公都得嘆羨

再過去是盧纘祥居所
微雨下歷史悄悄又翻了一頁
昭和的風拂過宅前的水塘
曾經這是通往烏石港的泊灣
到此轉為登瀛吟社聯吟的洋樓
歐式拱門下醉酒的詩句
被庭前的明月攬入湖中
來不及收拾又換了朝代
轉角一株老松
隔窗默讀李榮春的《和平街》

二〇一二年十二月九日於暖暖

二〇一三年二月一日《聯合文學》三四〇期

收錄於王聰威編《蘭陽地景：噶瑪蘭水路行旅》（宜蘭：宜蘭縣政府文化局，二〇一二）

杉林溪飛螢

——南投詩抄之一

一彎小溪繞著杉林遊蕩
赤腹松鼠張眼躲在林梢偷覷
樹蛙鳴叫於褐黑的苔石上
百合和牡丹則在暗中較勁
誰的香氣比較悠長

一群螢火蟲倏地竄出
搖動身軀，飛過整座森林
嚇得松鼠倉皇逃逸

把舞台讓給流動的飛螢
在暗黑的天空點明亮的燈

二〇一二年十二月十一日於暖暖
二〇一四年三月《台灣詩學・吹鼓吹詩論壇》第十八期

溪頭竹林

——南投詩抄之二

清晨的陽光灑落
小徑，一如流金
把青春的顏彩潑入了竹林
翠葉掀動微風
也掀動山中的寧靜
窸窸窣窣，窣窣窸窸
叫醒了林內的光影

窣窣窸窸，窸窸窣窣

初綻的筍尖攀附著露珠
迎著陽光，時間悄悄移步
偶爾飄來一陣薄霧
竟被早起的藪鳥驚嚇
在錯綜光影中迷了路

二〇一二年十二月十一日於暖暖
二〇一四年三月《台灣詩學・吹鼓吹詩論壇》第十八期

奧萬大楓紅

——南投詩抄之三

我們是奧萬大
最最美麗的香楓
站在海拔一千公尺以上的高地
背倚連綿的群峰
在錯落的櫸木、香杉
常綠的松林間
無畏寒冷的東北季風
我們燦開
深秋最最火熱

最最迷人的笑容

以藍天為風衣
以白雲為羅裙
我們招展曼妙的風姿
迎接台灣藍鵲的駐足
逗弄冠羽畫眉的歡欣
還有小徑中拾階而上
緩步而來的腳印
攜手對看
我們是奧萬大
最最紅豔的愛情

二〇一二年十二月十一日於暖暖
二〇一四年三月《台灣詩學・吹鼓吹詩論壇》第十八期

相思道上

我遇見你在翠綠林間
如孔雀展開羽翅
驚醒沉睡的小湖
這滿心的歡喜
容我細細守護

你遇見我在靜寂山道
似紅豆迸散草叢
點燃泥灰的火爐
這一路的相思

請你緊緊看顧

二〇一二年十二月二十四日《聯合報・聯合副刊》
收錄於岩上編《紅豆愛染》（南投：台灣工藝研究發展中心，二〇一二）
收錄於白靈編《二〇一二台灣詩選》（台北：二魚文化，二〇一三）
草屯國立台灣工藝研究發展中心「相思道」立牌

神木遺址

——阿里山詩抄之一

曾經以杈枒指向蔚藍天空
俯視翠綠群木，並且
挺直軀幹向時間宣示
以百萬個星夜匯聚
三千春秋傲人的光芒

如今陽光和薄霧輪流來此
撫慰你的殘軀，蕨類、苔蘚
用他們的生意滋潤你的生機

你躺在新生的小紅檜旁
也躺在曾經仰望你的人心上

二〇一三年八月四日《聯合報・聯合副刊》

森林鐵路

——阿里山詩抄之一

車過北門驛，風從柑桔林那邊追來
彷彿百年前鐵道初闢，驚羨的眼睛
從嘉義追到二萬坪，沿路的
山林、村舍也探頭探腦
注視這條通往阿里山的路徑
一個右彎，隧道迎面擦來
竟把嘉義市區丟到山腳下去了

車過樟腦寮，可以聞到山蕉香

以螺旋的舞姿追逐火車
有時在右，忽焉在左
把眼前的山頭都弄暈了
而隧道繼續奔跑
火車來來，回回，進進，退退
和一路趕到獨立山的雲霧共舞

車過第一分道，柳杉成列分立
接著山櫻，接著檜木
火車在林中穿梭，喘息
時光停頓，被織成鄒族的布疋
有人指點前方走來阿里山站
一栗背林鴝，正來往走踏
於軌道旁毛地黃花叢間

二〇一三年八月四日《聯合報・聯合副刊》

塔山奇岩

——阿里山詩抄之三

眼前這陡峭的頁岩
嶙峋在群峰之間
掩映著鄒族神祕的傳說
岩洞中有山羊出入
壯士尾隨其後
水聲滴答，沿路追逐
才一旋身，黑暗盡處
化為陽光燦燿的仙境
這美麗的故事還有續集

只有山頭的雲霧預知

陽光攀爬脈絡分明的岩壁
勾畫塔山層層堆疊的身影
步道沿著山勢迂迴而上
一個箭步，台灣紅榨槭
就染紅了兩側的風
再往上，一株鐵杉
頂住了蔚藍的天
再往上，玉山高聳
逼近眼前，要與塔山比較
誰的下巴最尖

二〇一三年八月四日《聯合報・聯合副刊》

棲蘭神木群

——太平山詩抄之一

運柴車的鐵軌已然隱身而退
藏在扁柏和檜木蒼鬱成林的山道
這裡原是泰雅部落所在
以 Makauy 為名
是山胡椒遍生的故鄉
幾座山過去，就是太平山
百年前伐木的工人吆喝聲
隨著風聲，還隱約可以聽聞
眾多古木，在斧鋸交加中

隨著風聲淒然離去

百年後，倖存的百株巨木
至今還在未散的雲霧中
遙望蘭陽溪、多望溪，以及田古爾溪
引頸等候死去的弟兄復生
蘭花棲立樹幹上
也還企盼遲歸的情人現身
他們以各自的身姿
訴說各自的故事
有些寫在年輪上
有些訴與雲煙聽

二〇一三年十月二十四日
二〇一三年十一月一日《聯合文學》三四九期
收錄於林秋芳編《蘭陽森林美學：山村文學行腳》（宜蘭：宜蘭縣政府文化局，二〇一三）

鳩之澤

——太平山詩抄之二

傳說這裡曾是鳩鴿群聚的所在
如今已被升騰的地熱取代
多望溪的水流洶湧
來到此地，穿過鳩澤橋
打了個結
叫醒了橋這端的溫泉
也叫醒了橋那端的蕨類
蓊鬱的闊葉林中有石階

拾級而上，一路招呼青翠的綠
台灣雅楠在左，九丁榕在右
還有挺拔的台灣桫欏
撐傘在路旁守候
這叢假鱗毛蕨，那叢松葉蕨
還有各種叫不出名字的蕨草
以樹為家，要與盤據樹身的山蘇較勁

就連台灣騷蟬也隱忍不住
拉開嗓子唱歌，吵翻獨角仙的睡夢
姑婆芋葉上，有八星虎甲蟲緩步行過
筆筒樹旁，有青斑鳳蝶上下翻飛
翠綠的鳩之澤，到此已渾然忘我
且將泡湯一事暫擺一邊

二〇一三年十月二十四日

二〇一三年十一月一日《聯合文學》三四九期

收錄於林秋芳編《蘭陽森林美學：山村文學行腳》（宜蘭：宜蘭縣政府文化局，二〇一三）

翠峰湖小駐

——太平山詩抄之三

沿小徑入山
陽光已搶先一步擁抱整座山巒
翠峰湖躲在二葉松的枝枒間
揭開了燦亮的眼
遠處的群峰趕來湖畔
梳理仍未清醒的臉顏
亂雲此時圍攏過來
左顧右盼
分不清此身
是在天上或湖面

而蕨類正以各種身姿輕攀
在山徑，在巨岩
在闊葉樹林下
咀嚼微寒風中飄過的虎杖花香
還有白木林的長嘆
寬尾鳳蝶則翩翩飛舞
於台灣擦樹身畔
轉身但見白霧茫茫
從湖心竄出
以白紗一襲小駐山間

二〇一三年十月二十四日
二〇一三年十一月一日《聯合文學》三四九期
收錄於林秋芳編《蘭陽森林美學：山村文學行腳》（宜蘭：宜蘭縣政府文化局，二〇一三）

北門驛

——嘉義詩抄之一

當年貯木池邊垂釣的釣客
身影已然走入泛黃舊照中
檜木的香氣
百年春秋過去
依稀仍有餘韻
緊抓池畔的垂柳
讓池中水鴨
至今還津津回味
北門驛的顧盼之姿

以及蒸汽火車的吐納呼吸

遠自阿里山運抵的檜木、扁柏
在這裡，從原木化身為木材
在這裡，被零售批發被出口
召喚了整條林森路的燈紅酒綠
商販競價、遊客走踏
還有火車出入的鳴笛聲
都被驛外高聳的製材廠煙囪
一一默寫
只有當年檜木扁柏的呼號
還藏身此驛不肯離去

二〇一四年九月十一日
二〇一四年十二月十六日《聯合報・聯合副刊》

北門驛（台文）

當年徛佇貯木池邊釣魚的釣客
身影已經行入舊相片內底
hinoki 的芳味
經過百年
仝款猶有擋頭
共水池邊的垂柳拑牢牢
予水池中的水鴨
到今猶咧數念
北門驛的雄偉
佮火車的蒸煙

對阿里山運送落來的 hinoki、厚殼仔
佇遮，對原木成做木材
佇遮，零售批發出口
叫醒規條林森路的燈仔火
商販喝價、遊客行踏
猶有火車出入的螺聲
攏予驛外的製材廠煙筒
一字一字寫落來
只存當年 hinoki 厚殼仔的喝咻
猶藏佇驛內，毋肯離開

二〇一四年九月十一日

中央噴水池

——嘉義詩抄之二

四百年前，這裡是洪雅族人的居地
平野之上，鹿群與白雲競奔
前方的群山俯看鄒族部落
陽光熠燿，漢人還在笨港和荒地纏鬥
接著是荷蘭入侵，呼為 Tirasen
接著是明鄭屯墾，圳溝延伸
番社內、番社口、番仔溝、番婆庄
逐一進入漢人的簡冊
留下殘頁，任蒼涼的風翻閱

三百年前，清廷在此設縣建城
名諸羅，城如蟠桃狀，又稱桃城
而此地位居蟠桃之尾，因名桃仔尾
稻禾翻飛於田畝之中
聚落圍攏於竹籬之內
漳州鬥泉州、閩南鬥客家
塵埃落盡，逐一在此落戶
百年前日本入台，進行都更
桃仔尾一躍而為市中心

這一幕幕變革，如今都如噴泉
以多彩燈影，繞著圓環起落
升騰嘉義的多樣風姿
從陳澄波的夏日街景

到黨內外的圓環對峙
從白色恐怖的禁聲啞口
到民主時代的喝咻造勢
旌旗揮動，噴湧出
台灣最最美麗的自由氣息

二〇一四年九月十一日

二〇一四年十二月十六日《聯合報・聯合副刊》

中央噴水池（台文）

四百年前，遮是 Hoanya 族人的居地
田野面頂，有鹿仔群佮白雲走相逐
頭前的山探頭看著鄒族的部落
日頭真猛，漢人猶佇笨港佮荒埔纓纏
紲落來是荷蘭入侵，號做 Tirasen
紲落來是明鄭屯墾，圳溝延伸
番社內、番社口、番仔溝、番婆庄
一地一庄攏進入漢人寫的史冊
留落幾若面，據在悲涼的風來讀

三百年前，清廷佇遮設縣建城
名諸羅，城若蟠桃，又稱桃城
此地位佇蟠桃之尾，號做桃仔尾
田中央稻穗翻黃
籬笆內厝宅徛起
漳州鬥泉州、Ho-lo 鬥 Hak-ka
坱埃盡掃，歸尾攏佇遮落土
百年前日本入台，進行都更
桃仔尾變成做市中心

一幕一幕的變化，到今攏親像噴泉
用多彩的燈影，踅著圓環，起起落落
展示嘉義的多彩姿勢
對陳澄波的夏日街景
到黨內外的圓環捙拚

對白色恐怖的禁聲啞口
到民主時代的喝咻造勢
戰旗若夯起來，噴泉就噴出
台灣上蓋婧的自由光彩

二〇一四年九月十一日

二〇一八年二月十三日民視《飛閱文學地景》朗讀（https://youtu.be/y_cnduXqHfw）

牧歌

——觀黃土水浮雕〈南國〉

所有市廛喧聲，到此肅穆靜寂
但見裸身的牧童凝睇
小牛，對視眸中的憐惜
蕉葉召來一波波南風
喚醒春耕的土地

隱隱有牧歌傳來，無歇無息
於歷史迴廊中悠悠寄遞
三個牧童和五頭水牛喃喃低語

還在殷殷禱祝主人歸來
所有市廛喧聲，到此肅穆靜寂

二〇一五年三月十四日於暖暖
二〇一五年五月《中山堂節目手冊》

牧歌 ．觀黃土水浮雕《南國》

向陽

所有市塵喧聲，到此肅穆靜寂
但見裸身的牧童凝睇
小牛，對視眸中的憐惜
蕉葉召來一波波南風
喚醒春耕的土地

隱隱有牧歌傳送，無歇無息
於歷史迴廊中悠悠寄遞
三個牧童和五頭水牛喃喃低語
還在殷殷禱祝主人歸來
所有市塵喧聲，到此肅穆靜寂

奇美部落年祭所見

——阿美族部落詩抄之一

Hai ya o hoy yai-ha ha hoy[1]
美麗歌聲來自古老奇美部落
秀姑巒溪的湍急水流
從洪水時代就伴隨 Paporo[2]
一路衝越河階、沖刷河床
於巨石之間舞踊跳躍
水流湍急，彷彿祖靈歌聲
訓示即將成年的 Ciopihay[3]
要用壯碩的肩，扛部落的希望

O ilisin no niyaro olipahakan[4]
頭戴鮮豔羽毛，如怒放的花
O ilisin no niyaro olipahakan
年輕勇士引吭，高唱保衛部落的歌
歌聲高亢，翻過海岸山脈傳抵祖靈所在
舞步激越，喚醒漫山攀延的海金沙[5]

---

1 阿美族Ilisin（年祭）祭歌襯詞。

2 阿美語，勇士舞。

3 奇美部落年齡階級組織中的第二級（年約十六—十九歲）。在年祭的慶典中，由他們圍舞唱跳具有震撼力的勇士舞，展現奇美青少年極富力與美的爆發力。

4 Ilisin在奇美部落是非常歡樂的日子，「olipahakan」，帶有歡騰與神聖的意思。

5 海金沙，阿美語「kiwit」，是奇美部落常見的植物，生命力堅韌；也是奇美部落命名的由來。

他們將邁入成年的 Tokolol，[6]
他們將被 Pakomod[7] 未來的守護者
蒼鷹盤桓，山豬環伺
奇美命脈一如海金沙，綿延不斷
Hai ya o hay yai-ha ha hoy

二〇一五年十月十二日
二〇一五年十二月二日《自由時報・自由副刊》

6 Tokolol，年齡階級第三級（年約十九—二十二歲），第二級的青少年要進入第三級時，年祭中，部落會為他們舉辦成年禮。

7 Pakomod（抓級長）是阿美族部落成年禮中最重要的儀式，由年齡階級第三級抓第二級中的領導者，藉以產生將來為部落服務的主幹，選出級長、副級長（兩位）、第四順位、第五順位……的青年，被抓到的級長未來必須帶領第三級執行任務，承擔部落行政事務四十二年。

在港口部落海濱

——阿美族部落詩抄之二

太平洋平靜的波濤粼粼
跟隨斜陽踏步而來，海風拂吹
躺臥於後方的海岸山脈
有鳥飛翔，循秀姑巒溪出口
黑色的礁群靜默無語
與堆疊海濱的漂流木對望
這是阿美族的港口部落
Makuta'ay，海水渾濁的所在
豐年祭的歌舞聲猶在海波中

細訴大港口社的滄桑

這是海水肆虐的地方
兩三百年外患不斷
一七七一年，波蘭貝納澳斯基伯爵來此窺覷[1]
一八〇八年，日本箱館船師文助在此短暫居留[2]

1 據《花蓮縣志》記載，乾隆三十六年（一七七一）年，波蘭貝納澳斯基伯爵曾至芝舞蘭（大港口）窺探，謀殖民。

2 據《台灣文獻叢刊二〇三——籌辦夷務始末選輯》，一八〇八年，日本箱館船師文助，與船員八人遇颱風漂到此地，因水土不服，病死八人，只剩文助一人，至該處燒鹽，與阿美族人換芋度日，四年後被遣回日本。

一八七七年，大清總兵吳光亮計殺一六〇名阿美壯士[3]
秀姑巒溪都為族人棄家奔逃而倉皇哭號
年年颱風來時，這一頁頁悲愴
都寫在看不到腳印的沙灘上
港口部落海濱暗夜的傷口
唯有吉拉雅山的祖靈知道[4]

二〇一五年十月十二日
二〇一五年十二月二日《自由時報・自由副刊》

---

3 此一事件史稱「大港口事件」或「奇密社事件」。據《歷史花蓮》記載，一八七七年，大清總兵吳光亮開山，想開闢水尾（今花蓮瑞穗鄉）與大港口（今花蓮豐濱鄉）之間的道路，遭奇密社（今瑞穗鄉奇美村）反抗，吳光亮出兵鎮壓，難以弭平，最後計騙阿美族人，誘殺一六〇年輕壯士，事件方才落幕。

4 吉拉雅山，阿美語Cilagasan，阿美族聖山。

港口的風吹著

——基隆詩抄之一

港口的風吹著
吹一六二六年西班牙船隊的戰旗
吹一六四二年荷蘭總督的驅逐令
吹一六六八年鄭成功留下的蕃字洞遺跡
糊里糊塗吹了四百年

港口的風吹過基隆山的殘頁
港口的風吹過和平島的廢墟
那荒涼沿著藤蔓攀爬而上

留下一壁嘆息
在港口呼痛的風聲裡

二〇一六年十二月七日於暖暖

港口的風咧吹（台文）

港口的風咧吹
吹一六二六年西班牙船隊的戰旗
吹一六四二年荷蘭總督的驅逐令
吹一六六八年鄭成功留落來的蓄字洞遺跡
糊里糊塗　一吹四百年

港口的風吹過基隆山的山尾溜
港口的風吹過和平島的荒埔
悲涼一路旋藤爬上天
佇港口喝咻會疼的風聲內底

規個山崁攏咧吐大氣

二〇二〇年五月十六日民視《飛閱文學地景》朗讀（https://youtu.be/uv909oTrZI4）

二〇一九年十一月《台客詩刊》十八期

二〇一九年四月十六日

暖暖印象

——基隆詩抄之二

睡，蟲鳴和天籟相陪
醒，鳥叫與花香步隨
草木在身上競寫蓊鬱
塵土也不敢任意撲飛

小街細長，有靜美洗滌人情
群山連綿，以碧綠澄澈藍天
那那社的舟楫彷彿還泊靠在水岸
荖寮坑的石厝青苔猶眷戀著煤煙

行旅

向陽

我尋找你，在匆迫的行旅之中
如一尾魚，在纏牽的水草之中
我尋找你，在通往終點的驛站
我尋找你，在左右交困的路口
如一尾魚，我從眾多陌生的瞳孔辨識你

在闃暗的甬道之中，我遇見你
在廣袤的夜空之中，如一輪月
在人跡渺少的街角，我遇見你
在燈火睏盹的窗間，我遇見你
我從眾多無聲的臉容聽聞你，如一輪月

暖暖溪中，急湍歡喜愛撫壺穴
暖東道上，大菁一路咬住小徑
還有紅磚羃浦間、雙生土地公廟
都教百年前的明月流連至今

回眸是林間拋來一記翠綠
仰望是夜空灑下滿天星光
睡前，暖暖心境伴微笑入夢
晨起，徐徐清風送朝陽進窗

二〇一六年十二月七日於暖暖

把樹種回去

——為暖暖希望森林而寫

把樹種回去
我們在這裡
把樹種回去

把希望的種子
種到我們雙腳所踏的土地

把樹種回去
我們在這裡
把樹種回去

把暖暖的心
種到我們雙眼所及的天際

我們播種幼苗
培育他長成大樹
我們灌溉花葉
期許她芬芳園圃
在這裡，我們為下一代種下幸福

把樹種回去
我們在這裡
把樹種回去
擦乾今天的汗水淋漓
我們看見明日森林蓊鬱

二〇一七年一月七日於暖暖

二〇一七年一月七日於暖暖水源地「希望森林」活動中朗讀

山茶花

以怒放之蕊，向寒風
展示粲然笑靨，沿山徑
一路點燃豔麗春火
斜雨潤洗
眾多的山茶花
一朵接一朵
誘來了春天
冬，就這樣隱身而退
遠方山崗也醺然欲醉

以圓潤之瓣，向天空
昭告高潔臉顏，引蝴蝶
在左展翅在右旋飛
陽光遍灑
美麗的山茶花
一瓣連一瓣
圍成了圓輪
愛，就這樣油然萌生
滿袖淡香也久久不褪

二〇一七年十一月二十三日於暖暖
二〇一八年十一月於台中世界花卉博覽會展出
收錄於王志誠編《花蜜釀的詩　百花詩集》（新北市：遠景，二〇一八）

滾熱之泉
——烏來印象

從中央山脈的群峰之中
雲霧一路追趕過來
沿著南勢溪畔
蒸騰的水氣沸沸湯湯
催醒了山道上的櫻花

紡紗正來回穿梭
為高聳的青山編就一疋白紗
蘭尾鵪站在檜木枝梢

俯視山谷中泰雅先人的足跡
嗰嗰啾啾：Kilux-ulay，滾熱之泉

二〇一八年十月六日

二〇一五年九月七日民視《飛閱文學地景》朗讀（https://youtu.be/AfZy3TyiPKo）

收錄於鄭愁予等《書說新北》（台北市：聯經，二〇一六）

收錄於李魁賢等《詩說新北》（新北市：新北市政府文化局，二〇一八）

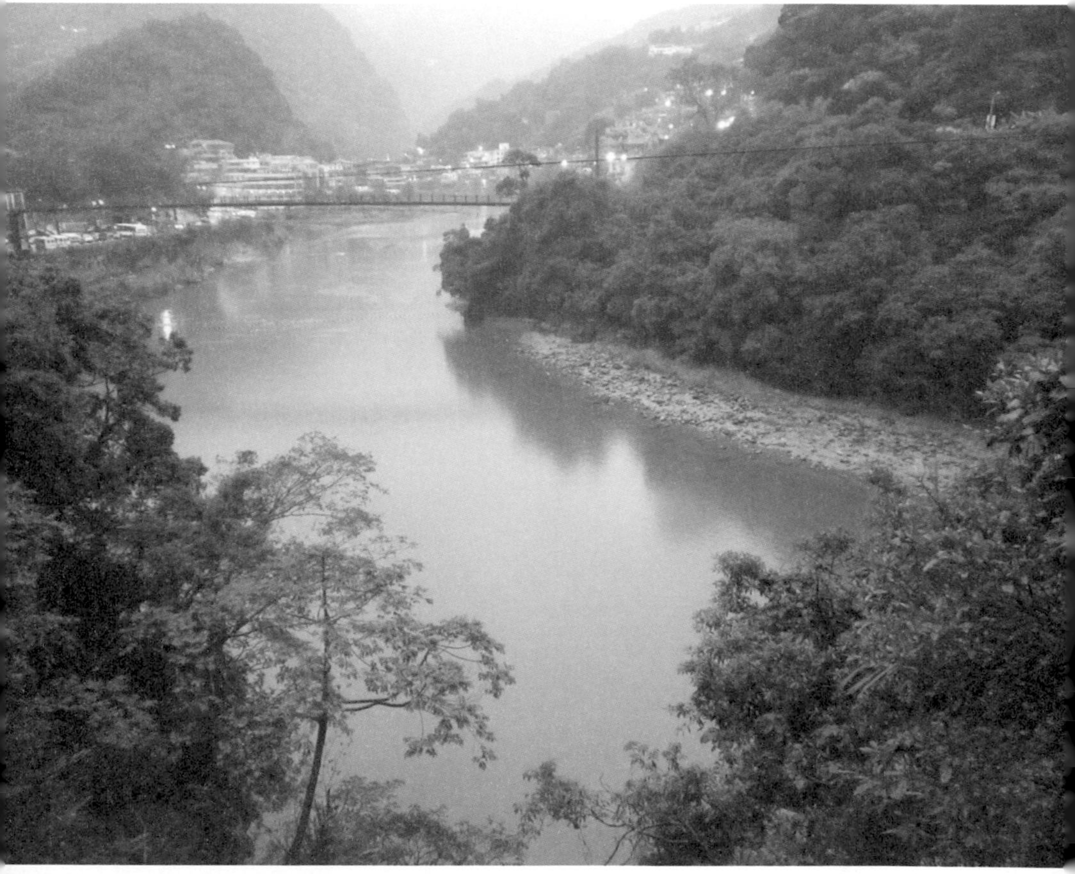

龜山島（台文）

佇太平洋的海面
龜山島是上影目的景致
火車來到頭城
看著靈龜擺尾
就知影宜蘭到囉
海湧微波
安搭美麗的小島

伊嘛是安搭阮心肝的島
佇曠闊的藍色海面沐沐泅

海鳥展翅
飛向日頭刺探的海墘
海翁浮沉
戲弄佮海波浪相唚的月光
伊是阮夢中定定咧走揣的島嶼

二〇一九年四月十六日
二〇一九年十一月《台客詩刊》十八期
二〇二〇年三月十四日民視《飛閱文學地景》朗讀（https://youtu.be/gHjwPy17-6U）

三峽印象

越過三峽河，來到三角湧
老街還沉浸在當年的故事裡
洋樓以紅磚拱廊並肩
引領訪客行過歷史長廊
從祖師廟到福山巖
繚繞的香火，一路
伴隨美食喚醒垂涎的味蕾
剛下課的孩童遠望聳立的鳶山
說：這是我的家鄉
美麗的三峽

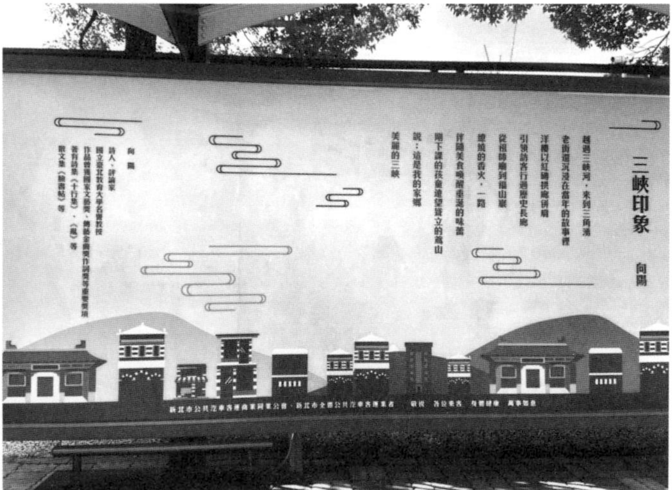

二〇二一年三月，以大型圖文看板展示於新北市三峽區「中園國小」公車站候車亭

龜山島初履

劃破層層湧來的波浪
迎向夢也牽縈的龜山島
六千年時光依舊攀爬於絕壁間
安山岩流與集塊岩則堆疊靜坐
島以靈龜之姿，泅泳汪洋之上
吐納東方初升的朝霞
這是東北角最最美麗的勝景

這是宜蘭人最最貼心的島嶼
在離鄉和歸鄉之際不忘相互招呼

今我來思，昔時民宅盡成廢墟
陪伴唯有青草、礮管與坑道
幸有戲浪的鯨豚，如島一般
擺尾照拂烏石港
昂首面向太平洋

二〇二一年十二月二十六日《聯合報・聯合副刊》
二〇二二年一月《大海洋詩雜誌》一〇四期「龜島詩情」專輯

太原路綠園道

在綠園道，時間停佇
老榕鬱鬱蒼蒼站著
等待有人回來咀嚼
他藏在根鬚裡的回憶
一對年輕情侶
於排藍花楹前對望
燦亮的輕紫為他們
帶來整座城市的祝福

在綠園道，光陰流動

孩童們蹲下身來
於八重櫻下撿拾
春風不小心拂落的緋紅
兩旁高聳的小葉欖仁
也在孩童嬉笑聲中
伸出千手，仰天
呼叫白雲留步

二〇二二年一月十九日於台中

卷之茫霧

茫霧（台文）

霜風冷冷，枝葉亂亂飛
茫霧陣陣，罩佇窗仔門
佮伊來分開，阮心頭未定
枝葉枝葉，毋知底時墜落地
茫霧茫霧，等待何日見著天

夢伊伊毋知，想伊伊無應
風吹浮上天，煞來斷了線
伊愈飛愈遠，阮心肝愈疼
夢伊伊毋知，孤鳥無岫海無岸

想伊伊無應，鴛鴦越頭人畏寒

二〇〇三年十一月一日

二〇一四年一月以手跡海報於台北市捷運、公車車廂張貼

雨聲

淅淅瀝瀝，瀝瀝的雨
打在泥濘的路上，風
沿著山澗，吹來
春天在油桐樹上綻開一朵朵白花
隨雨聲，灑落石階
點點滴滴
喚醒沉睡的湖。蛙叫
跌落湖心
白花的呼喊
歷歷都在耳畔

瀟瀟颯颯，颯颯的雨
敲在灰濛的谷地，霧
循著山坳，襲過
春天在茶樹枝間蹭出一片片新葉
隨雨聲，滲入茶湯
溫溫熱熱
呵護寂靜的林。鳥語
潛入林蔭
新葉的歡暢
怡怡都在舌尖

紛紛霏霏，霏霏的雨
落在青鬱的草埔，淚
緣著山徑，墜下

春天在車前草上遺失一滴滴晚露
隨雨聲，融入夢裡
恍恍惚惚
告別無語的夜。曇花
隱現夜色
晚露的喟嘆
栩栩都在眼前

二〇〇六年四月十日於南松山
二〇〇六年四月二十二日《聯合報・聯合副刊》

哀歌黑蝙蝠

一九五〇年韓戰爆發，中華人民共和國參戰，美國意識到台灣戰略地位的重要，派遣第七艦隊巡防台灣，並宣布台海中立化，阻止了中國攻台與蔣介石反攻的迷夢。一九五三年韓戰結束，東西方冷戰開始，在美國要求下，國民黨政府成立三十四中隊、三十五中隊，替美國蒐集中國軍事情報，迄一九六七年止。

其中三十四中隊因執行任務均採夜間出襲，所駕偵察機皆漆黑色，故稱「黑蝙蝠中隊」，該隊共執行任務八三八架次，十架飛機遭擊落或意外墜毀，殉者一四八人占全隊機員三分之二，只有十四位殉難機員遺骸於一九九二年才被家屬尋獲，集體歸葬台灣，餘則骨骸流散中國荒山。

這首詩為「黑蝙蝠」寫，也為所有在國民黨來台之後的反共年代中殉死的將士而寫。

在茫漠的夜中我們飛翔
在淒冷的夜中我們神傷
墨色的天空適合墨色的身軀墨色的翅膀
最好戴上墨色的眼鏡
可以掩飾我們眸中之悲愴
在日與夜交替的黃昏後　我們飛翔

在生與死招呼的關口前　我們飛翔
飛向命運難卜的遠方
太陽垂落的天際焚燒著火紅的霞光
月亮升起的所在是我們夢縈的故鄉
我們飛翔　飛過黑色海峽的波浪
我們飛翔　飛向紅色中國的心臟

我們是黑色的蝙蝠
習慣在北斗七星的斗杓之下晃蕩
我們是黑色的蝙蝠
銜命進入雷達與戰機伺候的敵方
折翼是便飯是家常
斷尾是殉國是榮光

在緘默的夜色中我們拚命飛翔
在喧囂的炮火中我們捨死返航
所有儀表都左搖右晃
所有聲音都東喊西嗆
這緘默的夜色　埋藏著緘默的妻兒和悲涼
這喧囂的炮火　宣洩出喧囂的敵意與張狂
我們別無退路　除了飛翔

我們別無選擇　除了蒼茫
蝙蝠一樣我們飛向白光燦爛的天上
蝙蝠一樣我們飛向黃土暗晦的山崗
我們可以選擇　在絢爛的殉難後死亡
我們可以選擇　在愛妻的哀戚下歸葬

在茫漠的夜中　我們繼續飛翔
在淒冷的夜中　我們依舊神傷
焦黑的歷史適合焦黑的枯骨焦黑的鏡框
最好別上焦黑的想望
可以紀念我們魂魄之回鄉
在日與夜錯亂的黎明前　我們還在　飛翔

二〇〇七年五月二十五日於南松山
二〇〇七年六月五日《中國時報・人間副刊》

當晚在清大思沙龍「黑蝙蝠在新竹向勇敢的人致敬」活動朗讀
收錄於白靈編《二〇〇七台灣詩選》（台北：二魚文化，二〇〇八）
二〇二〇年八月新竹市「黑蝙蝠中隊文物陳列館」展示

禁

彷彿一起捆縛的鉛字
我們曾經被緊緊捆縛
在不准思想的框架之內
舌頭和言語
一併遭到綑縛
且不可
逃離天地之間

彷彿左右監看的眼睛
我們曾經被嚴密監看

在不能行動的牢房之中
神情和姿勢
一併遭到監看
且不許
跨越雷池一步

我們因此學會自我檢查
檢視無聲的字
擦拭其上殘餘的血淚
查看無情的眼
迴避其下陰狠的爪牙
在被禁錮的年代
白即黑　　黑即白

二〇〇八年一月一日為報禁解除二十周年而寫

當日在吳三連台灣史料基金會主辦「走過報風雨——報禁解除二十周年特展」開幕式朗讀
二〇一六年三月二十一日在「獨立中文筆會二〇一四年度頒獎典禮暨國際文學之夜」朗讀
收錄於蕭蕭編《新世紀二十年詩選（二〇〇一—二〇二〇）上》（台北：九歌，二〇二〇）
二〇二〇年四月七日手稿在國家人權館「台灣言論自由之路」展覽展出

講互暗瞑聽（台文）

心內一句話
講互暗瞑聽
烏雲罩佇窗仔外
月娘藏入西爿山
睏起風來伴
曇花開　無形影

心內一句話
講互暗瞑聽
溪水流過目珠墘

夜蟲啼叫耳溝邊
醒來雨水滴
相思栽　毋應聲

二〇〇八年五月一日《印刻文學生活誌》五十七期
二〇一二年三月二十二日福爾摩沙合唱團於國家演奏廳演出（石青如作曲）
二〇一六年十二月收錄於福爾摩沙合唱團《土地的歌：石青如合唱作品》專輯（石青如作曲）
二〇一七年收錄於木樓合唱團《木色II（二〇一七）》專輯（周鑫泉作曲）

斟酌

打開歲月塵封
記憶，於最幽深處
你會看到火一樣燃燒的
花香，水一般流動，綻放
在這重逢夜裡，容你細細斟品

在這微寒晚上，讓我溫溫酌啜
燈影，火一般燃燒，漾盪
你會聽到水一樣流動的
琴聲，在最高音階
解放千年禁錮

二〇〇九年一月於暖暖

斟酌

向陽

打開歲月塵封
記憶，於最幽深處
你會看到火一樣燃燒的
花香，水一般流動，綻放
在這重疊夜裡，容你細細斟品
在這微寒晚上，讓我溫溫酌啜
燈影，火一般燃燒，柔溫
你會聽到水一樣流動的
琴聲，在最高音階
解放千年禁錮

按

．本詩以字為圖素，外型如杯，以喻詩題「斟酌」。

．本詩以迴環反覆之修辭，狀對飲者相互斟酌之情長，全詩可由首行念至末行，可由末行反向念至首行；也可由第一段末行回念至首行，再由第二段首行念至末行。

佇烏暗的路頭（台文）

——為《渭水春風》而寫

佇烏暗的路頭我看著你
映目的形影像花蕊
恬恬靜靜開佇夜世界
月娘也著閃一邊去
佇烏暗的路頭我看著你
茫茫的前途才來見著天

我的人生因為你來重寫
我的世界因為你才甘甜

佇這個亂世咱雙人牽手
吟唱美麗的歌詩
坎坷的路途從今有光
烏暗的路頭我會永遠陪你

二〇一〇年九月二日於暖暖
二〇一〇年九月八日《自由時報・自由副刊》
二〇一〇年九月十日音樂時代劇場《渭水春風》在國家戲劇院首演
（冉天豪作曲，殷正洋、洪瑞襄演唱）
二〇一七年三月十九日在二〇一七年台灣詩路詩歌吟唱會朗讀

夢中行過（台文）

——為《渭水春風》而寫

我佇醒來的時夢著你
我佇夢中行過你身邊
心內有話想欲共你講
毋知安怎來開嘴
我佇醒來的時夢著你
我佇夢中行過你的身軀邊

我佇夢中行過你的身軀邊
夢見咱雙人行過的街路

熱人的風送來桂花的芳味
　歌聲、笑聲和嗽聲
猶有你清芳的吐氣
我佇醒來的時夢著你

二〇一〇年九月二日於暖暖
二〇一〇年九月八日《自由時報・自由副刊》
二〇一〇年九月十日音樂時代劇場《渭水春風》在國家戲劇院首演
（冉天豪作曲，殷正洋、洪瑞襄演唱，https://youtu.be/X3f2fPI2yds）

寫佇土地的心肝頂（台文）

——獻予　楊逵先生

清風吹，蝴蝶飛，
美麗的土地，恬靜的花。
汝拍拚挖，我骨力掘，
挖開一個舊世界，
掘出一片新天地。

花誠婧，草誠青，
夯鋤頭，過田墘，
認真勞動拚勢作。

掠病蟲，揀歹物，
用真情，來鬥陣，
汝我仝心開墾咱的新樂園。
菊花媠噹噹，玫瑰嬌滴滴，
茉莉芳貢貢，玉蘭笑文文。
咱的詩，寫佇土地的心肝頂。

二〇一一年十二月《創世紀》詩雜誌一六九期
二〇一二年五月二十五日於台灣師範大學音樂系「詩樂交輝：詩與歌的饗宴」音樂會演出（林進祐作曲）
收錄於蕭蕭等編《創世紀六十年詩選》（台北：九歌，二〇一四年）
二〇一七年十月二十八日在台南應用科技大學校友音樂會演出（黃思瑜作曲）
二〇一八年五月九日於「二〇一八灣聲樂團名人系列饗宴Ⅳ向陽：寫予土地的歌詩」演出（李哲藝作曲）

城門

——致陳澄波

一八九五年一紙馬關條約
改寫了二月出世的你的一生
只留下清國殘破的舊城
在黃昏的嘉義街
陪伴你暗紅的童年

城門深處藏有你的語言
用狂烈的油彩訴說不安
城上的宮樓、城堞

被餘暉擦得歪七扭八
你的熱愛是土地的憂傷

一九四七年的槍聲
奪走了你的畫布
奪不走你的城門
那狂烈的油彩
迄今還在城上擦寫不停

二〇一三年八月十三日於暖暖
二〇一四年一月二十九日手稿發表於《聯合報・聯合副刊》

今晚，請為他們祈禱

——聞數千警力將夜襲立院學生有感

今晚，請為他們祈禱，
他們是年輕的孩子，
我們珍愛疼惜的兒女。
他們的臉上洋溢光彩，
他們的眼睛，如晶瑩的晨露，
滾動在葉脈，閃露珠光。
他們是我們辛苦栽培的孩子，
家族的希望！

今晚，請為他們祈禱，
他們是勇敢的孩子，
我們嚴謹教誨的兒女。
他們的心念只問是非，
他們的籲求，是澄澈的活水，
沖刷了汙穢，帶來淨潔。
他們是我們已然消逝的青春，
社會的良心！

今晚，請為他們祈禱，
他們是正義的孩子，
我們引以為傲的兒女。
他們的胸中沒有雜念，
他們的吶喊，是洪亮的晨鐘，
敲醒了暗夜，敲響黎明。

他們是我們寄予希望的一代，
台灣的未來！

二〇一四年三月二十一日發表於林洪瀁臉書
收錄於陳義芝編《二〇一四台灣詩選》（台北：二魚，二〇一五）

這一票非投不可

這一票非投不可
願陽光掀開暗黑的帷幕
這一票非投不可
願春風驅走寒冽的冬雨
這一票非投不可
願自由的空氣不遭霾害
這一票非投不可
願民主的生活既長且久
這一票非投不可——
當一個十六歲少女面帶恐懼

照著稿子公開自責

非投不可，這一票
為來台起家的祖先而投
非投不可，這一票
為永享幸福的子孫而投
非投不可，這一票
為自主決定的命運而投
非投不可，這一票
為保有尊嚴的自己而投
非投不可，這一票——
當這塊土地百病叢生
在北風中顫慄瑟縮

二〇一六年一月十六日發表於林淇瀁臉書

永遠的一天

——為曾在綠島受苦受難的前輩而寫

海浪在沉寂的暗夜拍打無聲的岸
天上的星星俯瞰寧靜的草原
濤聲洶湧，訴說我的心願
星光稀微，閃爍我的想念
睡前的禱告，願你在遠方也能聽到
我還活著，活在為你活著的一天

離家時庭前的玉蘭花香殘留鼻尖
最最難忘回首看見你憂傷的臉

玉蘭花開花謝，年復一年
你當日的容顏，仍在眼前
夢中的叮嚀，醒來迴盪耳際
我還活著，活在想你念你的一天

最苦的日子已經遠離，化為雲煙
最痛的打擊已經過去，如若斷片
我曾懷抱花紅葉綠的理念
也曾承受風狂雨暴的苦難
一覺醒來，陰霾都被陽光掃盡
我還活著，活在平和堅定的一天

二〇一六年五月十五日於暖暖
二〇一六年五月十七日國家人權館「綠島人權藝術季」於綠島將軍岩海濱首演（王舜弘作曲）
二〇一六年六月二日《聯合報・聯合副刊》

二〇一六年六月二十四日在聯合副刊舉辦「台積電文學沙龍：星期五的月光曲」朗讀
（/www.youtube.com/watch?v=0kAJWuFOBcE&feature=youtu.be）

南方孤鳥（台文）

——寫予屈原

汝徛佇兩千三百年前的江邊
江中水湧攪吵汝不平的心
一路行來，上高山過溪埔
離開所愛的故鄉佮國都
一路行去，是茫霧的前途
宛然孤鳥，有樹無岫
汝的悲哀仝款無地安搭
攑頭看，蒼天渺茫
越頭望，烏雲重疊

憂加愁，是汝的姓汝的名
孤加單，是汝的運汝的命
汝是一隻孤鳥，喝咻到梢聲

汝行過兩千三百年前的江邊
面色青恂恂，目神綴風咧吹
天風冷冷冷，共汝寒到呿呿嗽
江水濁濁濁，魚仔蝦仔看攏無
汝毋願綴時行，參人彈仝調
汝無愛講白賊，啉酒練痟話
燕仔佇廟堂趖過來趖過去
鵰鴞的翅展開就是規片天
掠魚人問汝哪會落魄到這款地步
　　無言。滄浪之水若清，會當洗我的衫
　　無語。滄浪之水若濁，會當洗我的跤

汝是南方的孤鳥，有厝煞無路

南方的孤鳥，汝剖腹愛國家
佇戰國年代，秦國併吞的詭計進前
有話敢講，講楚國獨立的必要
忠直進言，言百姓生活的苦楚
汝是咬住木蘭花蕊的露水
早時講煞，暗時官位就被挽去
汝是無情風雨掃落塗跤的菊花
清氣身軀，予人踮踏到烏趖趖
汝是南方上蓋寂寞的孤鳥
夜深的時，汝的怨嘆敢有人聽見
　是愛佮鴟鴞佇天頂比翅雙飛
　抑是欲佮雞仔佇籠仔內爭食

南方的孤鳥，汝終其尾飛入文學史
飛誠懸，汝的離騷是詩國上婧的花蕊
飛真遠，兩千外冬後我猶咧讀汝的詩
汝用楚國的話寫參中原無相仝的詩篇
寫巫靈、寫天國、寫幽都，寫出一部楚辭
汝坐踮飛龍駕駛的象牙車
提彩虹做七色旗，一路奏九歌
飛向西天，飛去彭咸住的居所
天風冷吱吱，國無人莫我知兮
江水白鑠鑠，又何懷乎故都
兩千三百冬後的暗暝
我佇離汝誠遠的台灣重讀汝的詩

二〇一六年五月七日在趨勢教育基金會「趨勢經典文學劇場」《屈原，遠遊中》朗讀
二〇一六年五月三十一日《自由時報・自由副刊》

二〇一六年六月二十四日在聯合副刊舉辦「台積電文學沙龍：星期五的月光曲」朗讀

收錄於蕭蕭編《新世紀二十年詩選（二〇〇一—二〇二〇）上》（台北：九歌，二〇二〇）

二〇二三年二月十九日在趨勢教育基金會「千年詩樂十年間——趨勢文學劇場拾萃」朗讀

玩字辯證四首

自

巨擘遠目
抽薪留白
沉吟終日
奉若圭臬
不聞其臭

由

下出為冉

上罩成再
顛覆得甲
單足易申
三腳好用

正

橫豎難工
不正即歪
干戈動武
倒錯上下
一瀉不止

義

汝欲其儀
我愛其羊

汝欲曰羨
我愛曰羹
各取所羲

二〇一七年一月八日
二〇一七年一月十八日《聯合報・聯合副刊》
收錄於白靈編《二〇一七台灣詩選》(台北:二魚,二〇一八)

鳥鼠歌（台華混搭）

鳥鼠鳥鼠請你毋通偷食我的米[1]
我的米著愛予厝內大細通好過日子
我已經奉待你遮爾仔濟年
讓你吃香讓你喝辣還讓你過年過節穿新衣
喝起喝倒，你毋通共我的米嘛攏食食去

米是我的命，米是我的錢
是我日也做暝也做千辛萬苦掙來的
所得稅房屋稅地價稅牌照稅還有孩子的補習費
這也著交彼也著納我已經賰無幾仙錢

呼天搶地，請你毋通共我規碗攏捀去

你若欲規碗攏捀去，有後門可以開有紅包可以拿
判生判死，會當食銅會當食鐵，若無嘛猶有arumi[2]
我是呼天不應叫地不靈，橐袋仔破一空
我是有路無厝，食菝仔放銃子
哀爸叫母，你著好心腸啊留予我一屑仔米

鳥鼠鳥鼠，你著好心啊留一屑仔米
予我有飯通食有路通行有小確幸可以回憶

1 明體念台語，楷體念華語。
2 arumi：外來語，鋁（aluminium）。

會當做一寡仔歹命人愛做的 a-sa-puh-luh[3] 的代誌
可以閒來放空可以老來手邊還有丁點餘裕
跪天拜地，請你莫擱偷食我的米，愛咬布袋據在你

二〇一七年七月二十三日《自由時報‧自由副刊》
收錄於江自得等編《二〇一七台灣現代詩選》（高雄：春暉，二〇一八）
收錄於蕭蕭編《新世紀二十年詩選（二〇〇一——二〇二〇）上》（台北：九歌，二〇二〇）

3 a-sa-puh-luh：台語「阿沙不魯」，粗俗、不入流。

擁抱

天空擁抱堆疊的雲層
大海擁抱美麗的島嶼
連綿的山群舒坦開來
擁抱綠地和城市

人們擁抱你
以熱情的雙手
那亮燦的眼睛
就是你抵達的所在

二〇一七年十二月五日

乙未，一八九五

一八九五年，乙未春日，風吹著
吹過名為割烹旅館的春帆樓
大清帝國與日本在此簽訂馬關條約
伊藤博文得意的笑聲
把刀俎上待宰的河豚
抹成一層黯鬱的雲
遠在南方的台灣
瞬間化為李鴻章簽字後
吐出的一口
濃痰

黯雲襲向南方，捲起聲聲悲哭
台灣布政使司衙門前
抱鼓上的一對龍虎也相望以淚眼
宰相有權，把地割了
孤臣無力，倉促間成立台灣民主國
唐景崧一紙獨立宣言
盪在危危顫顫的風中
——願人人戰死而失台
——決不願拱手而讓台
旋即跟著他棄台逃亡的背影而潰散

不潰不散的只剩義勇軍和民兵了
在新竹、在苗栗，吳湯興、姜紹祖、徐驤
把他們的名字寫成客家的硬頸

在八卦山，吳湯興、吳彭年、嚴雲龍
用他們的陣亡寫出台灣的榮光
在日軍一路南下一路掃過的炮火前
不乏婦女執槍、運送糧秣的身影
更多勇士把身軀投向母親的胸膛
他們戰死的骨骸是土地之傷
直到今天依然閃爍寒光

二〇二〇年七月十九日於暖暖

風吹（台文）

——乙未，一八九五

一八九五年，乙未春天，風咧吹
吹過號做割烹旅館的春帆樓
大清帝國佮日本簽落馬關條約
伊藤博文得意的笑聲
共肉砧面頂的刺鯢
變成做烏趖趖的一片雲
台灣啊台灣
一時化做李鴻章簽字了後
呸出嘴的

痰

烏雲綴風吹，吹到台灣的澳底
吹過三貂嶺、九份仔，吹過瑞芳
吹過基隆港，吹入台北城
吹出一個短命的台灣民主國
宰相有權，割地來出賣
百姓奮起，竹篙鬥菜刀
對桃仔園到新竹城
對三角湧到大甲溪
對南十八尖山到八卦山
四界攏有對頭風咧吹

風咧吹，吹過大肚溪
銃聲炮聲遮霆遐也霆

風咧吹，吹上八卦山
烏雲罩頂遮死遐也死
戰死的靈魂徛佇山尾溜
心肝窟仔猶有台灣毋甘放
風吹啊風咧吹
斷線的線頭已經斷去矣
只賭兩蕊目睭
掠無情的烏雲金金仔看

二〇二〇年八月二十日於暖暖

二〇二〇年八月二十八日在八卦山客委會主辦「乙未保台一二五周年紀念詩樂」朗讀

告別

撒一把鹽，在天與地之間
化作純淨，化作遠離苦厄的誓願
如寒冬細雪，冰封重重汙穢
包覆廣闊山河，也包覆痛徹心肺的哀悲

撒一把鹽，在恐慌和驚嚇之間
沖洗不潔，沖洗滿布疑慮的心念
如夏日雲河，閃爍暧暧星輝
流淌浩瀚長空，也流淌澄明清澈的眼淚

在天與地之間，撒一把鹽
我們告別一切劫難和災變
在恐慌和驚嚇之間，撒一把鹽
我們告別所有鬱悶與熬煎

二〇二〇年十一月十二日於暖暖

二〇二〇年十二月十五日，在礁溪老爺酒店舉辦詩歌節《道別與鹽》朗讀
二〇二一年五月十一日台北愛樂青年合唱團於國家音樂廳首演
（黃俊達作曲，https://youtu.be/ntzMfRidBIQ 52:43）

告別　向陽

撒一把鹽，在天與地之間
化作純淨，化作遠離苦厄的誓願
如寒冬細雪，冰封重重污穢
包覆廣闊山河，也包覆痛徹心肺的哀悲

撒一把鹽，在恐慌和驚嚇之間
沖洗不潔，沖洗滿佈疑慮的心念
如夏日雲河，閃爍曖曖星輝
流淌浩瀚長空，也流淌澄明清澈的眼淚

在天與地之間，撒一把鹽
我們告別一切劫難和災變

在恐慌和驚嚇之間，撒一把鹽
我們告別所有鬱悶與熬煎

——2020年12月31日抄．曖曖

給我一張白紙

——致手持白紙的中國學生

給我一張白紙
可以自由抒發
快樂悲傷憤怒或不平

給我一張白紙
可以自在揮灑
撇捺挑彎豎鉤和點橫

給我一張白紙

不著一字不費一墨
雲崩、石亂、岸裂、濤驚

給我一張白紙
任你羅網漫天鐐銬遍地
鎖不住吹過薄薄紙面的颯颯風聲

二〇二二年十一月二十八日發表於林淇瀁臉書

附錄

用自己語言，話自己土地

——向陽專訪

崔舜華

離開人潮熙攘的周末鬧市，步入大街旁隱身不言的巷弄，日光破空，灑落地面，我們在咖啡的芬芳和鬆餅的甜香裡，眺望著眼前風景，等待著此情此景將召喚來的一個名字：向陽。抒年少胸懷詠歎的名句「人類雙腳所踏，都是故鄉」（〈立場〉，一九八四），讓向陽作為一位詩人早早地成名，因為從他的詩行裡，我們難得地看見了，少年氣銳便有了歲月洗練的智慧之語。

要我說，確實有一個「老靈魂」長駐於詩人清瘦的身體裡，彷彿打從識事之始，向陽便是一名天生的異議分子。從一個南投的店頭囡仔，到如今的常民詩人、社會運動家、文學工作者、媒體人與新聞學家……對向陽來說，這種種身分，所做的，其實都是同一件事，照看的，都是同一群人。

開始寫詩至今，向陽儼然從一名魅力十足的年輕革命家，低手垂眉為一位沉穩自在、澱積智慧的長輩。他抬高下顎，微笑瞇眼，凝望天際灑落的日光，整張臉彷彿貓咪般溫和。在這張溫煦的貓臉下，有一顆生氣勃勃的童心、一份擁抱世界的天真；向陽以詩，以筆，以生活全力以赴所捍衛的，不外乎身為人所應具的一些自由，一些尊嚴，以及最重要的——想像的權利。

現在，這位童顏鶴髮的詩人，將穿越初冬的霧色與細雨走來，告訴我們，這三十餘載歲月，他是如何舞想像之劍、寫叛逆之詩，與台灣社會對話。

詩人，是太不容易活下去的一種人

從實驗精神濃厚的《十行集》，到一筆分演多角、敘述台灣殖民史事的長詩〈霧社〉，向陽的詩筆，似乎拐了一大個髮夾彎，從吟詠屈原、應和《詩》、《騷》、抒寫個人情懷的古典抒情，猛地跳入家國敘事的深潭。不可忽視的是，與此同步進行者，是向陽對於台語詩書寫的嘗試與實踐。

一邊是脫胎古典的苦讀學養，一邊是直面現實的國是關懷。兩種作派，兩條蹇途，哪個選項都不輕鬆，都是苦差事。「從世俗的角度來看，詩人是不太容易生活下去的，最主要的是這種人對於和人群往來是不太適應的。詩人對於社會大眾必須保持疏離，因為他得保存個性。至於我呢，也許是天生基因裡兩者比較平衡，也許是因為後天的訓練——我做了很久的報人、總編輯，寫過許多的社論，這是我個性中入世的、屬於公眾的一面，這一面帶我去參加運動、引導組織、代理公眾事務、寫作社論政論，需要很高的理性、邏輯與思想推導能力，這部分占去我人生的最大篇幅，我花非常多時間去做社會工作、去處理生活，寫詩呢，反而沒花上那麼多時間。」

這種雙重性在詩人向陽的性格裡，以一身兩相的面貌結合成一個整體——我們想，一個人只要格局夠大，就能同時容納兩種傾向而無矛盾；因此，向陽既是浪漫的，也是務實的，既顧家，也憂國。「不管是《土地的歌》，台語歌或是《十行集》，今天，我寫的東西順利地被大家接受，但大家不知道的是，當年我開始寫詩的時候才二十歲，那時候現代詩的主流是反格律、反形式的，包括當時最紅的《創世紀》作家群與詩人紀弦，都懷抱著這個主張。」

在彼個時代，若要寫台語，是會被國民黨當作「匪諜」抓去的，向陽說道：「這就是我性格中叛逆的部分。我不會有意識地去做什麼，我做的事，都是順著天性而去做的。假如有人規定這個該怎麼樣做才對，我會想：難道沒有別的辦法嗎？為什麼不能那樣做呢？想當然耳，我是很容易去質疑、反抗的那類人。念大學時，任何的體制都不能馴服我，所以看到有人說現代詩不能寫格律，我就要寫看看；有人說台語詩不好，我就要把它寫好，寫得比你們更好，讓你看看我的能耐。」向陽瞇起眼睛，眼神瞬間變得銳利：「這個，就是我的抵抗。」

詩的語言和美的語言

為實踐「把台語詩寫到最好」的目標，年輕的向陽選擇了訓詁功夫，來磨利一把應手銳器：語言。從寫作伊始，向陽決意要做一場鮮明的實驗，更開展出一套實用邏輯：「關於語言，大概可以有兩種說法。第一種主張語言是溝通的用具，假使我住在香港，對外國人就說英文，對廣東人就講粵語，對大陸來的人就講普通話，語言不會影響我要表達的意思；第二種則將語言視為民族的文化，代表了集體的命脈與記憶，所謂的『母語』便包含了族群認同與集體記憶。」

作為文學家，通常得面對幾種選擇：用什麼樣的語言？用什麼樣的形式？「語言是牽涉形式的，在文學裡，形式又可以涉及美學。需要注意的是，我們同時在面對生活中的日常語言，因此，如何讓日常語言進入文學之中需要走一段路程，因為這兩種語言是有落差的，當一位詩人選擇以母語書寫，理由絕對不只要再現日常語言。以我而言，我希望以母語通過詩，晉身美學領地。」向陽微微搖頭：「我不相信台語無法在文學中被使用，過去我受的教育告訴我：台語是方言，不登大雅之堂。若我要通過詩去反證，就得面對考驗：嫻熟日常語言，並提煉日常語言成為文學語言且不被擊破。所以，我一邊要從生活中保持敏感度去提取我要的語言，同時還要把這些語言重新編碼，做文學化、風格化的功夫；至於未來的讀者能否解碼，那就是讀者的事，作家的個人風格得先建立起來。」

長年研究、嘗試方言的語質彈性和文學能量，在向陽眼中，台語長年來一直處於「整理中」的狀態，還沒走到「可創新」的階段，但發音、用字等訓詁之功，對文學來說不是最重要的，因為文學容許作家去改造語言、去發明新的語言。向陽生長的年代背景，正值國民政府政策大力推行國語政策，在標準國語的單一灌注下，要怎麼掙得台語的美麗風光？

「我憑依的文本和詞彙，都脫胎自台灣的農業年代，寫台語詩，得找最能表現的字詞啊，我就去向古典詩詞中找、向民間戲曲裡找，小時候看歌仔戲的童年記憶，就是我寫詩時的資源；再來，廣播電台也是說台語的哩！那時代甚至有吳樂天這樣的說書人。我本來就對這個很有興趣；最後便是流行歌詞了，歌詞不講究精準優雅，目的是讓最多人一看即懂；詩也是一樣的道理，最好能廣納讀者，讓愈多人領會，傳播的功率便愈強大。」

是詩人，還是皮卡丘高手

文學傳播的媒介主場，從紙本報刊大量地轉移到臉書、推特等社群網站，作為資深報刊人與編輯，紙本媒體的年代就是向陽的主場；面臨新媒體到來，向陽非但沒有拒之門外，而是張開雙手熱烈地擁抱新時代的來臨，如同寫作般認真地記人敘事、經營更新，更經常上傳照片，與網友們分享生活點滴。

面對媒介的轉移與變化，向陽展現靈活的適應力與調度手腕，令人驚歎。向陽笑著說，這不過就是出自他性格裡「喜新」的一面：「我對新的事物總非常有興趣，好奇、喜新是我個性裡常有的部分，每當見到新的事物，我是一定要率先嘗試一下，你們知道嗎？我已經打皮卡丘打到三十級啦！（笑）」見我們驚呼，向陽笑得得意極了：「一九九〇年代網路興起，那時我還不到四十歲，正在靜宜大學教書。那時還是個 html 的年代呵，我沒有助理幫忙，乾脆自己做網頁、自己編輯、自己寫程式，一路下來總共弄了七個網站。這二十幾年來，我幾乎不用考慮就主動接納新的事物，有新工具總是比較好嘛，例如，我在學校也是第一個使用的 Win10 系統的喔，這沒什麼好猶豫或抱怨的，畢竟我是新聞媒體出身的人，新聞傳播是我的專業領域，我的身分是新聞學者，要了解新聞媒體，必須參與其中，才能深入觀察。台灣的媒體自從一九八八年報禁解除後，曾有過一段短暫的黃金時光；一九九〇年代之後，大眾媒體已經轉向網路媒體，現在只剩下四大報，顯然，新媒體（現在是手機）代表了時代的新趨勢，文學在新媒體的強襲下會產生怎樣的變化，也是我要持續關注的。」

喜新的另一面，就是格外地念舊。「我自己在某一方面是很念舊的人，例如寫詩吧，我會用鋼筆寫好詩稿，再打字謄到電腦上，萬一先用電腦打了字，我還會再手動謄寫一份下來。我也喜歡保存手寫字，所以留存了很多作家的手稿，收藏的部分已在前年九歌出版《寫字年代：台灣作家手稿故事》這本書，相關的手稿也好好地保留著，我四十年前主編的『華岡詩展』特刊，從大學一直收藏到今天，保存得非常好，跟全新的一樣，連摺痕都看不見！」

話鋒一轉，向陽談起另一個廣為人悉的語言——粵語：「從英治時期到九七回歸，香港人在生活中實踐的，就是徹底的廣東話，去香港買份報紙一攤開，印成鉛字的書面語閱讀起來竟然跟日常口語毫無隔閡！」在香港，社會公眾運動近年來風湧雲動，例如為爭民主展開的雨傘運動，以及二〇一六年春節時疑因警察濫權爆發的旺角魚蛋事件，上千人聚集街頭、高喊抗爭的怒聲——我們看見，在與台灣相似的這座島嶼上，年輕人撐起了社會運動的主力，以至於在文學場域中，香港的青壯世代詩人（所謂的七〇後到九〇後），主動參與文化活動、關心政治議題、評論社會事件、呼籲民主自由，其激進與熱情甚至比台灣更熾烈，在艱困的經濟現實與政治環境下，這樣的主動更顯得矚目，也引發國際間的關注、討論。

香港擁有早熟的現代性，似乎僅集中於商業和貿易的經濟、物質層次；如今，因為生存權、人權和言論自由層層地被剝奪、被束縛，香港似乎一下子來了個旋轉大跳躍，縱身躍進了思想、文學和藝術的當代性。不容忽視的是，這其中處處有著斷層（世代的斷層、階級的斷層、庶民與知識分子的斷層）；但，香港人共同持有一個獨家通天利器——粵語。這使香港內部能直接溝通，使香港人理解彼此，造就獨特的香港性格。如今，抗爭意識萌發、現實環境險峻，香港人該如何用自己的語言，話自己的土地？

「香港擁有非常深厚的粵語文化，一翻開香港報刊，從新聞時事到娛樂副刊，幾乎都是用粵語為書寫主體，或是中粵夾雜，形成非常獨特的混語現象；相對來看，台灣的報紙媒體使用的是國民黨教育政策下標準中文，直到解嚴之後，生活裡的台語有一部分才得以透過借字發音的方式，用國語表現，比如『強強滾』、『凍蒜』，都是取音而不達義，我們反而沒有建立起像香港一樣雄厚的語言基礎。這幾年來，對於香港某些知識分子、作家和部分報人的表現，我基本上非常地尊敬！在躁亂的時代，就需要這樣的一群人走出象牙塔，為整個香港大唱戰歌，爭取港人的基本人權。像葛蘭西（Antonio Gramsci）所說的，一名作家、學者和思想家，必須走到群眾當中，去奉獻、去戰鬥，這就是有機的進步的知識分子。」

憶起距今三十多年前，一九八五年，小說家劉以鬯創辦《香港文學》雜誌，當年正值年少氣盛的向陽和林燿德等人，也都曾把稿子給《香港文學》刊登。世代變迭，詩人眼裡也是一片積極氣象，「香港文壇近年比較顯目的文學社團，我覺得該是《字花》作家群，這群年輕作家和社會運動的牽繫很深，包括占領中環運動，體現了當下的知識分子對香港前途的各種焦慮，我看起來覺得實在非常好！若能好好運用粵語這項重要的文化資產，這種語言既有傳統、有歷史，又有香港底層社會的文化精神。香港的作家如果願意不去計較在世界華文圈的地位、名利，好好耕耘自己的語言、潛心粵語寫作，很可能便成了香港的但丁、莎士比亞！」

花費整整十六年光陰，寫成詩集《亂》，向陽在一部詩集中積累了濃厚的亂世意識，每首詩都是深深扎根於土地傷口而綻放的傷痛之花，像是寫給畫家陳澄波的〈嘉義街外〉：「你倒下來時天都暗了／日正當中的嘉義驛前／嘉義人張著的驚嚇的眼睛／和你一樣憤怒地睜視／這暗無天日的青天」。

「我在一九七〇年代與一群年輕詩人，包括知名作家劉克襄，當初都是在黨外發表文字的，後來我進入黨外媒體《自立晚報》任職。我想，沒有一個國家的人民可以當愚民，身為作家，就更該去為社會大眾說話，有時或許得犧牲自己的個性，也無所謂，若是今天你為這塊土地的人說話，明天，話語的回聲就會回到你的作品中。我們尊崇的中國新文學之父魯迅也是這樣的，如果魯迅沒有批判民族性、國民黨，他的作品會這麼深刻嗎？又像賴和、楊逵，他們深刻感受到同處一個時代的悲哀與痛苦，敢於憤慨地講話，為他人爭取權利，這就是文學家讓人敬佩的原因！」

歲月跟著貓爪偷偷地移

那日，在平日寧靜的家常午後，詩人挾著一股仙氣抵約定的咖啡廳門口，人尚未到，笑容先至，這就是向陽的作風。他穿著一身挺挺的靛青色毛料西裝，隨攝影師走到戶外捕捉向晚前的秋陽。詩人漫步行至巷口，眺望著細長的小巷，在石牆前，背手佇立，神色安定，教人想起這首寫於一九七八年的詩〈晚曇〉：

忽然連身後的燈光都黯默了下來
那時曇花開得正豔吧，只有微雨
冷靜拍著，逐長巷逼來的高牆
我再度審問妳別過去的臉影
卡在冠瓣皆謝的藤架裡

其實和天候了無糾葛，半也是
怪妳一壁怒綻的笑容瞬然冷了

此刻斜雨簌簌撲向午夜窗間
我起身離開，並且拋給長巷
不再相見的再見

那株豔光一現的曇花，動搖了年少詩人的一瞬之心，而被詩句永久地保留了下來，成為一種印象，一種關於時光、關於生活的靈光，在飄搖時代中的一份了悟與安定。這樣超越常人的精神能量，曾在十三年前從詩人朗誦的鏗鏘中見識過；記得那時候他很瘦很瘦，聲量與氣勢如巨雷動地，從那架清癯身骨迸出震撼人心的詩句：

這是一個怎麼樣的年代？怎麼樣的一個年代？
這是啥麼款的一個世界？一個啥麼款的世界？
黃昏在昏黃的陽光下無代誌罔掠目蝨相咬，
城市在星星還沒出現前已經目睭花花，匏仔看做菜瓜，
平凡的我們不知欲變啥麼蛇，創啥麼碗粿？
（摘自〈咬舌詩〉）

之後，每每見到向陽，一樣的銀髮紅頰，一樣的清朗笑容，不動亦不靜，卻越形強壯。於是，我們趁機問了：要怎麼做才能夠像你，寫得那麼久不曾中輟？怎麼樣才能做一樹長青，而非一宿綺夢？

向陽的回答非常踏實，先剖析外在條件，再切入內在驅力——首先，持續寫作需要穩定收入，現實上有了保障，接著發展精神層面，故得要有一群志氣相投的同儕，也不能跟文學場離得太久、太遠，不然就會缺乏刺激，也就不能夠進步；最後，除了同伴，還要有同輩的知音，一起討論、一起讀詩，才有寫下去的動力，就像在熱鍋上添點油，讓火繼續溫燒，「不然的話，很孤獨啊！什麼能讓我們明知孤獨卻繼續寫下去？就是因為有人喜歡，有人讀我，有人了解我，有這樣一個人存在，我就可以為他而寫」。

回歸內在，數十年的寫作心事，在向陽可以總結為一句話：我寫，我存在。「詩就是我的生命，其他話都不必多講。不把詩當成牟利的工具，不當作成名的條件，只因為詩而存在，不依靠別人的溢美；如果被眾人否定了，還是有自信，還想繼續寫。我當初寫台語詩的時候，有人說：這種詩怎麼會有前途？但我覺得前途不重要，我做的事，就是我的生命、我的現實，我不需要多了不起的詩評家或多廣大的讀者群，有

一、兩個朋友懂得我，就非常足夠了。」

講著講著，彷彿墜入時光之流，詩人回想起年輕的自己：「我當兵時當的是工兵，是在野地裡拿鐵鍬、挖工程的那種。墾地的時候，我看見地面上的野草，明明去年才用鍬頭剷掉了，今年春天一暖又長了回來，這種生命力多麼強大呵！我那時候想——這就是我未來生活、寫作要去憑依的道理吧！順應生命的流向，從生活完成自己。」

行伍生活中，向陽寫下許多首詩作，其中，〈歲月跟著〉寫道：「歲月跟著貓爪偷偷地移／緩慢的時針是貓的腳步」詩行仿若預言，時間即是命運，讓我們開始練習貓步，慢慢地認真走上一程。

原載二〇一七年三月五日香港《明報．星期日文學》

＊本文作者崔舜華，著有詩集《波麗露》、《你是我背上最明亮的廢墟》、《婀薄神》、《無言歌》，散文集《你道是浮花浪蕊》、《神在》、《貓在之地》。曾獲吳濁流文學獎、林榮三文學獎、時報文學獎等。

九　歌　文　庫　　1　4　0　6

行旅

國家圖書館出版品預行編目（CIP）資料

行旅／向陽著. -- 初版. -- 臺北市：九歌出版社有限公司，2023.06
面；　公分. --（九歌文庫；1406）
ISBN 978-986-450-567-8（平裝）

863.51　　112006587

作　　者——向　陽
責任編輯——李心柔
創 辦 人——蔡文甫
發 行 人——蔡澤玉
出　　版——九歌出版社有限公司
台北市 105 八德路 3 段 12 巷 57 弄 40 號
電話／02-25776564・傳真／02-25789205
郵政劃撥／0112295-1

九歌文學網　www.chiuko.com.tw

印　　刷——晨捷印製股份有限公司
法律顧問——龍躍天律師・蕭雄淋律師・董安丹律師
初　　版——2023 年 6 月
定　　價——350 元
書　　號——F1406
I S B N——978-986-450-567-8
9789864505722(PDF)